سنجوب لا يَنتبهُ ولا يَهدأُ!

دار جامعة حمد بن خليفة للنشر
HAMAD BIN KHALIFA UNIVERSITY PRESS

دار جامعة حمد بن خليفة للنشر
صندوق بريد 5825
الدوحة، دولة قطر

www.hbkupress.com

Sam Squirrel Has ADHD

Text Copyright © Selina Lee

Illustration Copyright © Aleksandra Szmidt

First published in Australia 2020 by Little Steps Publishing

Translation rights arranged through Alc Agency

All rights reserved.

جميع الحقوق محفوظة.

لا يجوز استخدام أو إعادة طباعة أي جزء من هذا الكتاب بأي طريقة دون الحصول على الموافقة الخطية من الناشر باستثناء حالة الاقتباسات المختصرة التي تتجسد في الدراسات النقدية أو المراجعات.

الطبعة العربية الأولى عام 2022

الترقيم الدولي: 9789927161537

تمت الطباعة في الدوحة - قطر.

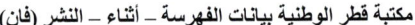

مكتبة قطر الوطنية بيانات الفهرسة – أثناء – النشر (فان)

لي، سيلينا، مؤلف.

[Sam Squirrel has ADHD]. Arabic

سنجوب لا ينتبه ولا يهدأ! / تأليف سيلينا لي ؛ رسوم ألكسندرا شميت ؛ ترجمة سهى أبو شقرا. - الطبعة العربية الأولى. - الدوحة، دولة قطر : دار جامعة حمد بن خليفة للنشر، 2022.

صفحة ؛ سم

تدمك 978-992-716-153-7

ترجمة لكتاب: .Sam Squirrel has ADHD

1. اضطراب نقص الانتباه وفرط الحركة -- قصص للأطفال. 2. قصص الأطفال الإنجليزية -- المترجمات إلى العربية. 3. الكتب المصورة. أ. شميت، ألكسندرا، رسام. ب. أبو شقرا، سهى، مترجم. ج. العنوان.

PZ7.1 .L44125 2022

823.92– dc23

2022 28552799

سنجوب لا يَنتبهُ ولا يَهدأُ!

تأليف: سيلينا لي

رسوم: ألكسندرا شميت

ترجمة: سهى أبو شقرا

دار جامعة حمد بن خليفة للنشر
HAMAD BIN KHALIFA UNIVERSITY PRESS

يُحبُّ سنجوب جمعَ الأشياءِ في مجموعاتٍ. ويُمضي الوقتَ معَ أغراضِهِ، ويَقضي ساعاتٍ في تفكيكِها وتفحُّصِ أجزائِها.

سلوكُ سنجوب الغريبُ يزعجُ والدتَه،
لأنَّهُ لا يثبتُ في مكانِهِ عندَ أداءِ واجباتِهِ المدرسيةِ.
وغالبًا ما تصرخُ في وجهِهِ كيْ يجلسَ ويركِّزَ.

سلوكُ سنجوب الغريبُ يزعجُ والدَهُ أيضًا،
فيغضبُ ويصرخُ: «أسرعْ يا سنجوب!
قلتُ لكَ إنَّنا تأخَّرْنا».

الدرسُ الرابعُ
أحبُّ مدرستي.

سلوكُ سنجوب الغريبُ
يزعجُ معلِّمَهُ،

حينَ لا ينتبهُ إلى شرحِ الدروسِ،

وحينَ يُجيبُ **صارخًا**،

وحينَ يُحادثُ أصدقاءَهُ في الفصلِ دونَ توقُّفٍ.

يُسبِّبُ سلوكُ سنجوب المندفِعُ الشِّجارَ معَ أصدقائِهِ.
وحينَ يقتربُ منهم كثيرًا أو ينفعلُ بسرعةٍ يصيبُهم بالارتباكِ...
فيتشاجرونَ معَهُ مجدَّدًا!

في بعضِ الأحيانِ، لا ينتبهُ سنجوب لمرورِ الوقتِ...
كيفَ اختفَى أو تبدَّدَ! وغالبًا لا يسمعُ مناداةَ والِديْهِ علَيْهِ،
إلَّا بعدَ تكرارِها مراتٍ عديدةٍ!

حاولَ والِدا سنجوب ضبطَ سلوكِ طفلِهما بالتأديبِ والصراخِ، لكنَّ الأمورَ كانتْ تزدادُ سوءًا.

جَرَّبا نظامًا غذائيًّا لصغيرِهما، وبرنامجًا رياضيًّا، وتعلَّما مهاراتٍ
تربويةً جديدةً للتعاملِ معَهُ، ولكنَّ حالَهُ لمْ يتحسَّنْ إلَّا قليلًا.

عندئذٍ أدركًا أنَّ ابنَهما ليسَ سعيدًا، مثلَهما تمامًا!
وأنَّ يومياتِ الأسرةِ صارتْ مليئةً بالخصامِ والشِّجارِ.
ولمْ يَعُدْ سنجوب يحبُّ ما هوَ عليْهِ.

قرَّرَ والِداه أخيرًا اصطحابَهُ إلى طبيبٍ مختصٍّ، فأجرَى لَهُ بعضَ الاختباراتِ.

اكتشفَ الطبيبُ حَبُّوب أنَّ دماغَ سنجوب مختلِفٌ، ولا يعملُ مثلَ أدمغةِ الآخرينَ. وقدَّمَ لوالِديْهِ معلوماتٍ ونصائحَ كيْ يفهمَا حالةَ ابنِهما المختلفةَ. ووصفَ للصغيرِ بعضَ الأدويةِ المساعِدةِ.

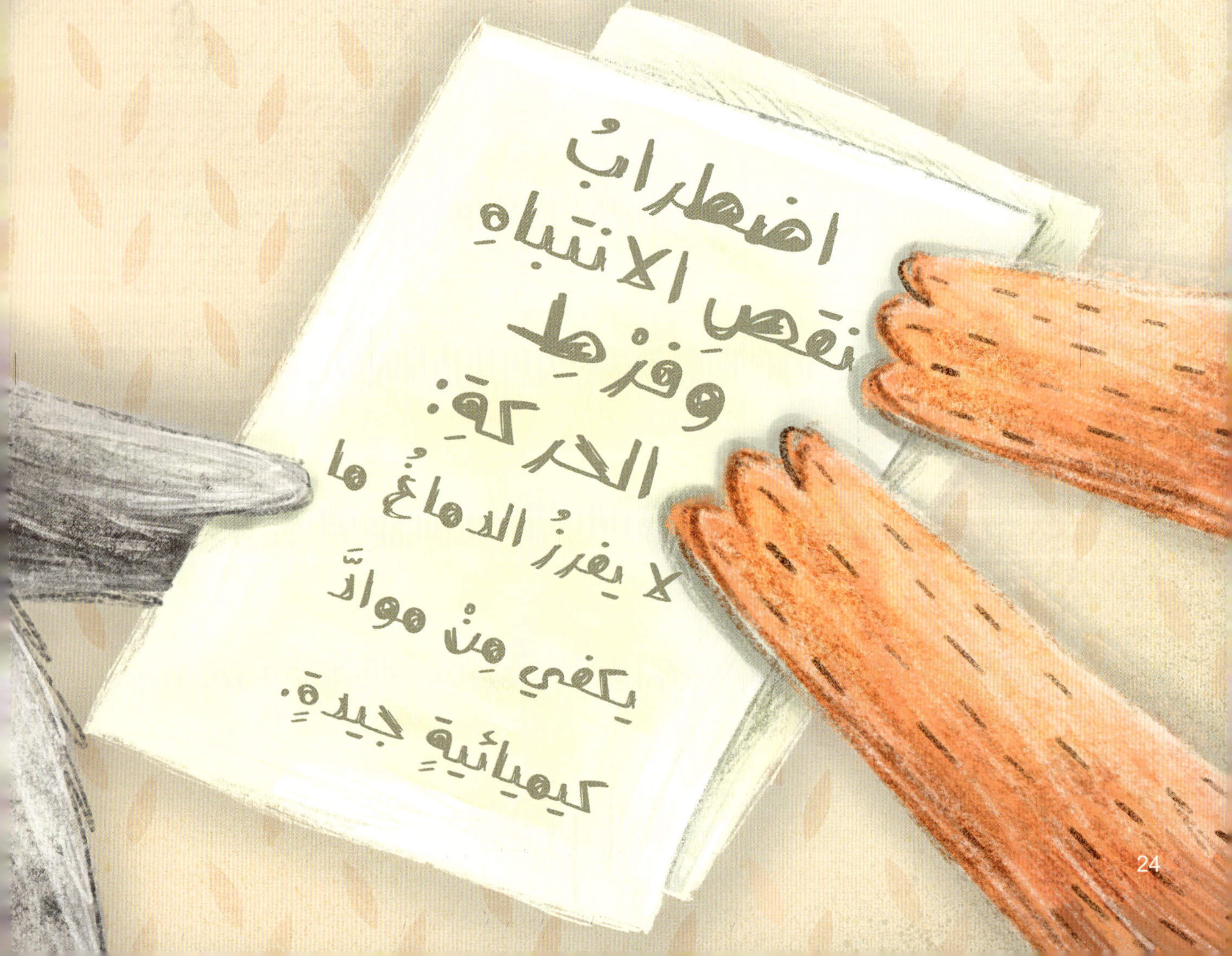

اضطرابُ
نقصِ الانتباهِ
وفرطِ
الحركةِ:
لا يفرزُ الدماغُ ما
يكفي مِنْ موادَّ
كيميائيةٍ جيدةٍ.

صارَ والِدَا سنجوب أكثرَ سعادةً، لأنَّهُ أخذَ يُرَكِّزُ
بشكلٍ أكثرَ، ويَضبِطُ انفعالاتِهِ بصورةٍ أفضلَ.

وصارَ المعلِّمُ أكثرَ سعادةً بعدَ أنْ تغيَّرَ سنجوب، وأخذَ يُنْهي واجباتِهِ، وينتظِرُ دورَهُ بينَ زملائِهِ.

وصارَ أصدقاؤُه أكثرَ سعادةً، حينَ أخذَ سنجوب يلعبُ معَهم منْ دونِ شِجارٍ.

اكتشفَ سنجوب أنَّ منْ لديْهم دماغٌ مختلِفٌ مثلَهُ يبتكرونَ أشياءَ جديدةً، ويُبدِعونَ في الموسيقى والفنونِ.

ما اضطرابُ نقصِ الانتباهِ وفرْطِ الحركةِ؟

إنَّهُ نقصٌ في إفرازِ موادَّ كيميائيةٍ في الدماغِ، يُسبِّبُ أعراضًا مثلَ ضعفِ التنظيمِ الذاتيِّ، ونقصِ الانتباهِ، والتشتتِ، وفرْطِ الحركةِ، والاندفاعِ.

إنَّهُ اضطرابٌ معترَفٌ بهِ، ينعكسُ على السلوكِ منذُ الطفولةِ، وغالبًا ما يستمرُّ حتى مرحلةِ البلوغِ.

سببُه الأساسيُّ الاضطرابُ في النموِّ العصبيِّ، وهوَ وراثيٌّ جينيٌّ غالبًا.

ولا يوجدُ علاجٌ لهذا الاضطرابِ. إنَّهُ اختلافٌ في بنيةِ الدماغِ ونموِّهِ، أثبتَتْهُ فحوصاتُ التصويرِ المقطعيِّ ثلاثيِّ الأبعادِ.

قدْ تَقلُّ الأعراضُ معَ تطوُّرِ نموِّ الدماغِ، ومعَ قدرةِ المصابينَ على التعاملِ معَ الأعراضِ، وتطبيقِ تمارينَ وسلوكياتٍ تساعدُهم على التحكُّمِ بالاضطرابِ والتكيُّفِ معَهُ.

اضطرابُ نقصِ الانتباهِ وفرطِ الحركةِ ليس نتيجةَ سوءِ التربيةِ.

وكذلِكَ ليس نتيجةَ سوءِ النظامِ الغذائيِّ. ولكنْ، قدْ يساعدُ النمطُ الغذائيُّ الجيدُ في تقليلِ أعراضِ الاضطرابِ.

وهوَ ليس كسلًا أو غباءً أو شقاوةً متعمدةً.

ومنْ ثَمَّ لا يمكنُ علاجُهُ بقوةِ الإرادةِ أو الانضباطِ.

إنَّهُ اضطرابٌ في الأداءِ التنفيذيِّ، أيْ أنَّهُ اضطرابٌ عصبيٌّ إدراكيٌّ سلوكيٌّ.

يمكنُ لنمطِ الحياةِ ونمطِ الشخصيةِ وسلوكِ الوالدينِ أنْ يحسِّنوا نتائجَ الاضطرابِ أو يفاقمُوها.

هناكَ طرقٌ فعالةٌ لإدارةِ الاضطرابِ عبرَ الدعمِ النفسيِّ والأدويةِ.

وتُعدُّ الأدويةُ المنشِّطةُ المترافقةُ معَ العلاجِ المعرفيِّ السلوكيِّ الحلَّ الأفضلَ لاكتسابِ المهاراتِ ومعرفةِ إستراتيجياتِ التأقلمِ.

عدمُ علاجِ اضطرابِ نقصِ الانتباهِ وفرطِ الحركةِ قدْ يُفاقِمُ حالةَ الشخصِ المصابِ إلى حدٍّ كبيرٍ. لذلكَ يُوصَى بالتدخلِ العلاجيِّ وتوفيرِ المساعدةِ في وقتٍ مبكرٍ.